Conseil des arts   Canada Council
du Canada   for the Arts

Nous remercions le Conseil des arts du Canada de son soutien.
L'an dernier, le Conseil a investi 153 millions de dollars pour mettre de l'art
dans la vie des Canadiennes et des Canadiens de tout le pays.

CASSANDRE

« Le gratuit seul est divin. »
Louis-Ferdinand Céline

Cassandre • Copyright © Rascal, Claude K. Dubois et D'eux • Tous droits réservés, y compris le droit de reproduire cet ouvrage, en tout ou en partie, par quelque procédé que ce soit • Révision et correction : Martin Lépine • Direction artistique : France Leduc Graphisme : tatou.ca • Dépôt légal : 4ᵉ trimestre 2018 • Bibliothèque et Archives nationales du Québec et Bibliothèque et Archives Canada • ISBN 978-2-924645-28-4 • Distribution au Canada : Diffusion Dimedia www.dimedia.com Distribution en Suisse : Heidiffusion www.heidiffusion.ch • Imprimé en Chine par Toppan Leefung

EUX. NOUS. VOUS!

1042, rue Walton, Sherbrooke (Québec) J1H 1K7   www.editionsdeux.com

CASSANDRE

Rascal et Claude K. Dubois

Pour Abodji.
En souvenir d'un mois d'automne
au pays du Matin Calme.
R.

À Éric et aux étoiles filantes.
C. K. D.

Du plus loin que je m'en souvienne,
Cassandre est mon amie.

Aujourd'hui, c'est ma meilleure amie.

Cassandre, elle a tout.

Elle est jolie, elle a de longs cheveux blonds

et un drôle de prénom.

Tout le monde l'envie à l'école, surtout la grosse Martine…

C'est vrai que moi aussi parfois je l'envie.
Elle a de si belles robes, surtout celle à fleurs jaunes
avec le ruban rose.

Moi, c'est Marie-Paule.
Papa m'a donné ce prénom quand j'étais bébé.
Il y a longtemps déjà.
C'était le prénom de sa maman,
qui est morte juste avant ma naissance.

Mort, c'est quand on ne respire plus, m'a dit Papa.
J'ai essayé de ne plus respirer pour voir comment c'était…

J'ai été morte au moins vingt secondes.
C'est dur d'être mort tout le temps!

Cassandre, elle a tout. Vous ne me croyez pas?
Eh bien, quand le Père Noël est passé chez elle,
il lui a donné un ours en peluche, des patins à roulettes
et une poupée avec tous ses habits.
Une garde-robe complète!

C'est elle qui a reçu le plus de cadeaux de toute l'école.
Josse, il n'a jamais rien reçu.
Il est vache parfois le Père Noël!

Pour moi, il a apporté… Attendez, je vais le chercher…

… Voilà, je vous présente Martin.

Il n'a pas l'air terrible comme ça.

Il ne ferme pas les yeux, ne fait pas pipi,

ne dit pas papa-maman… Rien!

Martin, il est venu tout seul, nu comme un ver.

Alors, Maman et moi, on s'est vite mises à l'ouvrage.

Et on lui a fait :

- un pull jacquard (avec ma vieille écharpe),

- trois pantalons (un en prince de Galles pour le dimanche),

- un petit ciré (il est super là-dedans!).

On se comprend bien tous les deux.
Je l'ai aimé dès le premier jour.
Comme Cassandre.

Cassandre n'aime pas ses patins à roulettes.
Je voudrais bien les essayer,
mais ils ne sont pas à ma pointure.
Je chausse du 28… C'est pas de chance!

Son ours en peluche est sympa,
mais Cassandre le trouve trop gros.
Sa poupée Michèle ne sait dire que papa-maman et faire pipi…
Moi, avec Martin, j'ai de grandes conversations.

Cassandre aussi aime beaucoup Martin.
Un jour, on a fait un échange :
je lui ai prêté Martin et j'ai reçu Michèle.
Pipi-Caca, je l'appelle,
mais seulement quand je suis toute seule!

Eh bien, il m'a vite manqué, Martin.
C'est long tout un week-end…

Quand elle me l'a rendu,
Cassandre a voulu l'échanger
contre son ours et ses patins à roulettes.
Mais moi, je préférais garder mon petit bonhomme.

Le lendemain, après l'école, elle est venue à la maison
avec son ours, ses patins et sa poupée Michèle.
Je lui ai dit que je préférais garder Martin,
mais que je lui prêterais encore puisqu'elle l'aimait aussi.

Seulement, Cassandre est têtue.
Elle m'a proposé sa belle robe à fleurs jaunes.
« Je dois réfléchir », je lui ai dit.

Cette nuit-là, je n'ai pas bien dormi.

L'ours, les patins, Pipi-Caca et toute sa garde-robe,

plus la belle robe à fleurs jaunes

avec le petit ruban rose…

Tout ça contre Martin!

Vous vous rendez compte!

Ce n'est plus un échange, ça!

« Tu as de la chance que je t'aime, Martin! » je lui ai dit.

Le lendemain matin, à l'école,

j'ai rassemblé toutes mes forces

et je n'ai pensé qu'à lui.

Puis j'ai arrêté de respirer et j'ai dit à Cassandre :

« NON, je le garde! »

J'ai eu du mal, vous savez…

Mais maintenant, j'ai beaucoup réfléchi.
Je crois que Cassandre doit aimer Martin très fort
pour me donner tout ça.

Lundi, quand je retournerai à l'école, je lui dirai :
« J'ai un cadeau pour toi, Cassandre. »
Et je lui donnerai Martin et tous ses habits.
Pour rien.
Cassandre, c'est ma meilleure amie.